29 février 1888

COLLECTION DE M. A.

FAIENCES, PORCELAINES

ORFÈVRERIE

Tabatières, Bonbonnières

BIJOUX

IMPRIMERIE DE L'ART

COLLECTION DE M. A.

FAIENCES, PORCELAINES

ORFÈVRERIE

Tabatières, Bonbonnières

BIJOUX

PARIS. — IMPRIMERIE DE L'ART
E. MÉNARD ET Cie, 41, RUE DE LA VICTOIRE

CATALOGUE

DE

BELLES ET ANCIENNES

FAIENCES FRANÇAISES

Et étrangères

DES

Fabriques de Nevers, de Rouen, de Sceaux, de Moustiers, de Lorraine

BELLES PIÈCES DE DELFT

PLATS DE CASTELLI ET D'ALCORA

Porcelaines de Sèvres, de Chantilly, de Saxe, de Chine et du Japon

Tabatières, Bonbonnières, Bijoux

ORFÈVRERIE

Objets variés — Vitrine

Composant la Collection de M. A.

ET DONT LA VENTE AURA LIEU

HOTEL DROUOT, SALLE N° 3

Le Mercredi 29 Février 1888

A DEUX HEURES

COMMISSAIRE-PRISEUR

Me PAUL CHEVALLIER

10, rue de la Grange-Batelière, 10

EXPERT

M. CHARLES MANNHEIM

7, rue Saint-Georges, 7

EXPOSITION PUBLIQUE

Le Mardi 28 Février 1888, de une heure à cinq heures

CONDITIONS DE LA VENTE

Elle sera faite au comptant.

Les acquéreurs payeront, en sus des adjudications, *cinq pour cent* applicables aux frais.

L'Exposition mettant le public à même de se rendre compte de l'état des objets, il ne sera admis aucune réclamation une fois l'adjudication prononcée.

DÉSIGNATION DES OBJETS

FAIENCES FRANÇAISES

1 — NEVERS. Plat rond, décor bleu ; au fond, sujet de chasse dans le goût de Tempesta ; au marli, couronne de fleurs sur fond bleu et écusson armorié.

Diam., 450 millim.

2 — NEVERS. Deux cornets, à décor bleu de style chinois, paysages et personnages.

Haut., 410 millim.

3 — NEVERS. Deux vases en forme de balustre, de décor analogue.

Haut., 410 millim.

4 — NEVERS. Potiche couverte à décor bleu, sujets de chasse, lambrequins et ornements.

Haut., 550 millim.

5 — ROUEN. Plateau octogone reposant sur trois pieds bas, à bords évasés, festonnés et à deux anses tordues. Décor bleu et rouille. Au fond, rosace centrale qui se relie à des lambrequins ornés et rayonnants. Au bord, compartiments ornés à fond bleu.

Diam., 340 millim.

6 — Rouen. Belle gourde piriforme aplatie, à anses mufles de lions saillants et anneaux simulés. Sur chacune de ses faces, médaillons décorés en bleu dont l'un représente un singe et un hibou fumant chacun dans une longue pipe et s'envoyant mutuellement de la fumée. On lit dans le champ : *Comme il te fait fait luy.* La base, le pourtour des médaillons et de la pièce ainsi que le sol sont décorés de fleurs et de rinceaux qui se détachent en blanc et rouille sur fond bleu.

Haut., 350 millim.

7 — Rouen. Grand et beau plat ovale, décor bleu et rouille. Au fond, scène de la vie privée des Chinois, dans un parc avec constructions et attributs. Au marli, lambrequins fleuris avec rinceaux dans les entredeux.

Long., 630 millim.; larg., 510 millim.

8 — Rouen. Très grand plat rond, décor polychrome dans le goût chinois. Au fond et s'étendant jusque sur le marli, scène familière, composée de six personnages dans un paysage accidenté et fleuri. Au bord, compartiments de fleurs reliés entre eux par une bande décorée de fleurs et de feuillages se détachant en bleu sur fond jaune. Ce plat a malheureusement été fracturé et rattaché.

Diam., 550 millim.

9 — Rouen. Plat long à contours, décor bleu et rouille rehaussé de jaune. Au fond, corbeille de fleurs, reposant sur des rinceaux fleuris. Au marli et à la chute, guirlandes de fleurs, rinceaux, coquilles et ornements.

Larg., 435 millim.

10 — Rouen. Assiette, décor bleu et rouille. Au fond,

27 — 28 — 27

A. Quinsac & G. Bergue Paris.

corbeille de fleurs ; au marli et à la chute, guirlandes de fleurs, ferronnerie et ornements variés. Au revers, la lettre P en bleu.

Diam., 243 millim.

11 — Rouen. Assiette, décor polychrome. Au fond, paysage et kiosques de style chinois. Au marli, six compartiments de fleurs reliés par des entredeux à rosaces jaunes et feuillages rouges sur fond bleu.

Diam., 240 millim.

12 — Rouen. Assiette, décor polychrome de style chinois, représentant trois personnages dans un paysage.

Diam., 240 millim.

13 — Rouen. Compotier à bords festonnés, décor polychrome de style chinois : personnage portant un parasol et se promenant dans un paysage.

Diam., 230 millim.

14 — Rouen. Deux consoles-appliques à volutes, festons de fleurs et ornements en relief, décor polychrome à cornes d'abondance, coquille et ornements variés.

Haut., 330 millim.

15 — Sinceny. Pot cylindrique à couvercle plat, décor polychrome à fleurs, rochers et oiseaux. Le pourtour du couvercle est enrichi de quadrillages verts et de rosaces réservées en blanc.

Haut., 200 millim.

16 — Sceaux (?). Jardinière oblongue à deux compartiments, du temps de Louis XV. Décor polychrome. Sur sa face principale, médaillon oblong représentant une scène

*

champêtre dans le goût des maîtres flamands. Sur les faces latérales, les médaillons représentent des marines. La pièce ainsi que les médaillons sont encadrés de bordures quadrillées sur fond rosé et les entredeux sont décorés de jetées de fleurs. Les bords inférieurs de la pièce et les bords supérieurs des divisions intérieures sont rehaussés d'ornements bleus et de détails dorés. Belle qualité.

Haut., 150 millim.; larg., 200 millim.

17 — Moustiers. Vase forme bouteille à panse sphérique et col droit. Décor polychrome de style chinois, composé de groupes de personnages et d'oiseaux sur fond semé de fleurs et d'insectes en bleu, jaune et vert.

Haut., 217 millim.

18 — Moustiers. Gourde annulaire décorée au pourtour de l'ouverture de rayons jaunes rehaussés de noir. Les contours extérieurs de la panse offrent deux cartouches reliés par des rosaces et des quadrillages émaillés bleu et jaune. Un des cartouches porte en bleu l'inscription suivante : *François Fauchier le Père, le 25 Février 1727*, et l'autre des armoiries aussi en bleu. Le piédouche présente deux compartiments de personnages et des rosaces.

Haut., 335 millim.

19 — Moustiers. Plat ovale et creux, décor polychrome. Au fond, dans un cartouche enrichi de figures de satyres, d'écureuils et de personnages tenant des drapeaux, Apollon charmant les animaux de sa lyre. Au bord, guirlandes et retombées de fleurs.

Larg., 370 millim.

20 — Moustiers. Plat de même forme, décoré de sujets

grotesques dans le goût de Callot, en vert et manganèse. Il porte la marque d'Olery.

Larg., 365 millim.

21 — Moustiers. Assiette à bords festonnés, décor polychrome. Au fond, dans un médaillon rond encadré de rinceaux fleuris, Diane à la chasse, suivie de ses chiens. Au marli, guirlandes de fleurs.

Diam., 24 cent.

22 — Moustiers. Plat long à contours, décor polychrome. Au fond, en ocre jaune, deux personnages en costumes Louis XV, jardinant. Au pourtour de ce médaillon et au marli, ornements rocailles, oiseaux, fleurs et feuillages.

Larg., 360 millim.

23 — Moustiers. Porte-tasse-présentoir, forme coquille, avec galerie découpée à jour; décor polychrome à fleurs et oiseaux.

Diam., 190 millim.

24 — Moustiers. Grand plat ovale, décor bleu dans le goût de Bérain.

Long., 600 millim.; larg., 450 millim.

25 — Lorraine. Sucrière en forme de vase à ornements rocailles en relief et faux godrons en carmin et jaune. La partie supérieure de la pièce est découpée à jour.

Haut., 200 millim.

26 — Strasbourg. Compotier rond à côtes et à bords festonnés, décor polychrome, composé d'un large bouquet de fleurs et d'un semis de fleurs et de feuillages. Marque de J. Hanong.

Diam., 240 millim.

FAIENCES ÉTRANGÈRES

27 — DELFT. Deux très belles gourdes, décor polychrome. Sur la panse, compartiments de rochers et de fleurs de style chinois séparés par des quadrillages rouges rehaussés de bleu; à la base et sur le col renflé, riche décor de rinceaux sur fond rouge, fleurs arabesques et ornements variés. Belle qualité.

Haut., 405 millim.

28 — DELFT. Trois belles potiches à panse ovoïde à côtes et à couvercle. Riche décor polychrome de style chinois, composé de rochers, de fleurs et d'oiseaux.

Haut., 540 millim.

29 — DELFT. Belle potiche à panse et à côtes, décor bleu, vert et rouge à lambrequins fleuris, compartiments de fleurs et ornements, partie à fond rouge.

Haut., 375 millim.

30 — DELFT. Deux potiches à riche décor polychrome rehaussé d'or, de style japonais, à rochers fleuris, lambrequins et mascarons ailés. Des couvercles ont été rapportés en bois peint.

Hauteur, sans couvercle, 260 millim.

31 — DELFT. Deux petites potiches couvertes, à pans et à côtes, décor polychrome à fleurs, oiseaux et lambrequins.

Haut., 280 millim.

32 — DELFT. Petite potiche à pans, décor polychrome à lambrequins, vases de fleurs et oiseaux. Marque A. P. K. en rouge.

Haut., 200 millim.

30

6

33 — Delft. Deux petits beurriers, formés chacun d'un canard décoré au naturel.

Long., 110 millim.

34 — Delft. Deux potiches à pans et à côtes, décor de style chinois en bleu et rouge à compartiments de paysages et de fleurs alternant. Haut et bas, rinceaux fleuris sur fond bleu.

Haut., 250 millim.

35 — Delft. Deux plaques ovales en hauteur et à contours, décor polychrome représentant des scènes familières de style chinois dans un jardin. Au bord, rinceaux fleuris sur fond bleu.

Haut., 350 millim.; larg., 310 millim.

36 — Delft. Plaque à angles arrondis et rentrants, décor polychrome : au fond, vase de fleurs et deux petits dragons fantastiques. Au bord, fleurs et ornements bleus.

Hauteur et largeur, 263 millim.

37 — Delft. Deux plats ronds, décor polychrome divisé en sept compartiments dont un central renfermant chacun une corbeille de fleurs. Les entredeux et les encadrements sont décorés de rinceaux bleus sur fond bleu clair.

Diam., 340 millim.

38 — Delft. Assiette, décor polychrome : au fond, vase de fleurs ainsi que deux figures de Chinois assis : au marli, ornements, fleurs et feuillages, en partie sur fond jaune d'ocre.

Diam., 230 millim.

39 — Delft. Deux porte-fleurs forme éventail à cinq gou-

lots chacun et base oblongue, décor polychrome à fleurs et feuillages.

Haut., 190 millim.

40 — Delft. Garniture de trois pièces composée de : deux bouteilles à panse sphérique et col renflé, et un vase cylindrique à col rétréci. Décor bleu de style chinois à lambrequins, dragons et ornements.

Haut., 280 millim.

41 — Delft. Tableau rectangulaire, décor bleu représentant un paysage traversé par un cours d'eau; au revers, la date de 1767. Cadre en bois de chêne rehaussé de dorure.

Hauteur, sans cadre, 180 millim.; larg., 250 millim.

42 — Delft. Tableau pouvant faire pendant à celui qui précède et portant la même date de 1767.

Haut., 180 millim.; larg., 250 millim.

43 — Delft. Flacon à thé de forme carrée, décor bleu à vases de fleurs et ornements.

Haut., 105 millim.

44 — Castelli. Petit plat rond, décor polychrome rehaussé de dorure. Au fond, figure allégorique de la Force accompagnée de deux enfants. Au marli, cartouche en grisaille soutenu par des génies ailés qui se détachent en couleurs sur fond jaune.

Diam., 235 millim.

45 — Castelli. Petit plat rond, décor polychrome rehaussé de dorure. Au fond, femme assise et deux génies tenant des gerbes de blé, figurant l'été. Au marli, mascarons et génies ailés se jouant dans des rinceaux.

Diam., 235 millim.

46 — Castelli. Petit plat rond, décor polychrome rehaussé de dorure. Au fond, bacchanale d'enfants ; au marli, mascarons, figures de nymphes, de satyres et de génies en grisaille sur fond jaune pointillé et festons de fleurs rehaussés de dorure.

Diam., 235 millim.

47 — Castelli. Deux plaques rectangulaires : l'une d'elles représente Jason suivi par un groupe de personnages et portant la toison d'or, l'autre, deux pâtres dans un bois accompagnés d'un chien. Cadres en bois noir.

Hauteur, sans cadre, 110 millim. ; larg., 160 millim.

48 — Savone. Grand plat rond à bords festonnés et ornements gaufrés en relief. Décor bleu et manganèse. Au centre, cavalier poursuivant a tigre. Au pourtour, compartiments de fleurs encadrés par des ornements saillants.

Diam., 515 millim.

49 — Alcora. Très grand plat rond, à riche décor polychrome. Au fond, large bouquet de fleurs dans une couronne de fleurs. Au marli, ornements rayonnants et symétriques.

Diam., 580 millim.

PORCELAINES FRANÇAISES

50 — Sèvres, pate tendre. Petit cabaret solitaire décoré de myosotis. Il se compose d'un plateau rectangulaire, d'une théière, d'un sucrier et d'une tasse cylindrique avec soucoupe.

Largeur du plateau, 173 millim.

51 — Sèvres, pate tendre. Tasse à deux anses avec sou-

coupe et couvercle surmonté d'une rose, décor polychrome composé de jetées de fleurs.

Hauteur de la tasse, 85 millim.; diamètre de la soucoupe, 123 millim.

52 — Sèvres, pate tendre. Petit pot avec couvercle surmonté d'une rose, décor polychrome composé de jetées de fleurs.

Haut., 80 millim.

53 — Sèvres, pate tendre. Tasse cylindrique à anse, décorée de bandes roses verticales sur lesquelles se détachent des festons de fleurs et placées entre des tiges droites de feuillages dorés; dans les entredeux sont des jetées de roses.

Haut., 46 millim.

54 — Chantilly. Tasse et soucoupe côtelées, décor polychrome de style chinois *dit à l'écureuil.*

Hauteur de la tasse, 55 millim.; diamètre de la soucoupe, 133 millim.

55 — Mennecy. Écuelle ronde et lobée à deux anses ornées, décorée de jetées de fleurs. Le couvercle est surmonté d'une attache rocaille.

Diamètre sans les anses, 130 millim.

56 — Mennecy. Pot à crème à couvercle bombé surmonté d'un fruit, décor polychrome à fleurs.

Haut., 86 millim.

57 — Sceaux (?). Jardinière oblongue à contours rocailles et à deux anses ornées, décorée de bouquets de fleurs et rehaussée de hachures bleues et carmin. Cette pièce, qui forme applique, est garnie à l'intérieur d'une plaque découpée à jour et porte à une de ses extré-

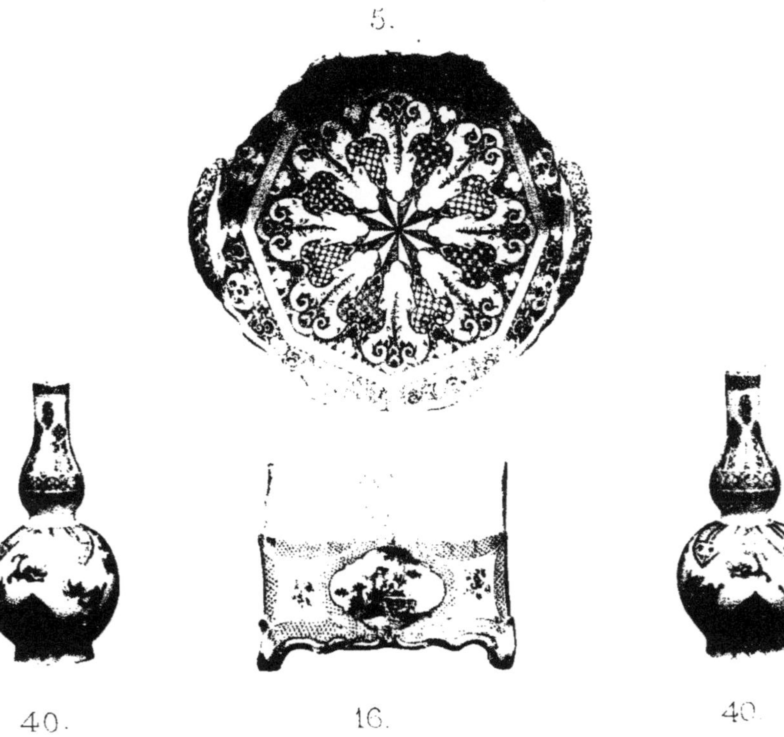

A. Quinsac & G. Baque Paris.

mités latérales les deux lettres M et S en or qu'on peut interpréter ainsi : *Manufacture de Sceaux* ?

Haut., 124 millim.; larg., 240 millim.

58 — Saint-Cloud. Petit pot cylindrique et couvercle bombé surmonté d'un bouton à décor bleu.

Hauteur totale, 80 millim.

PORCELAINES ÉTRANGÈRES

59 — Saxe. Sucrier à couvercle bombé surmonté d'une fraise. Au bord, compartiments couverts d'imbrications lilas reliés par des festons de fleurs. Dans les autres parties de la pièce, jetées de fleurs et de fruits polychromes.

Haut., 100 millim.

60 — Saxe. Flacon à thé de forme aplatie, décoré de groupes d'oiseaux dans des paysages. Le couvercle est défectueux.

Hauteur totale, 125 millim.

61 — Saxe. Flacon à thé de forme aplatie et à angles coupés, décoré sur ses deux faces de figures champêtres dans des paysages. Le dessus de la pièce ainsi que le pourtour du couvercle sont décorés de quadrillages sur fond violacé.

Haut., 120 millim.

62 — Hœchst, près Mayence. Statuette : Jeune Fille portant un coq dans son tablier; décor polychrome.

Haut., 188 millim.

63 — Hœchst, près Mayence. Groupe de deux figures d'en-

fants : garçon plaçant des fleurs sur la tête d'une fillette. Décor polychrome.

Haut., 135 millim.

64 — HŒCHST, PRÈS MAYENCE. Statuette de jeune fille vêtue d'un corsage rose et d'une jupe rayée bleu et carmin.

Haut., 150 millim.

65 — CHINE. Pot à eau avec couvercle relié à la pièce à l'aide d'une monture d'argent ; décor polychrome rehaussé de dorure et émaux saillants, composé de branches fleuries et de bordures ornées.

Haut., 190 millim.

66 — CHINE. Deux grandes assiettes, décor polychrome très soigné. Au fond, groupe de personnages dans un parc. Au pourtour, compartiments renfermant des groupes de poissons avec oiseaux et quadrillages dans les entre-deux.

Diam., 260 millim.

67 — CHINE. Flacon-tabatière en forme de vase ovoïde et col rétréci, jaspé de carmin rosé.

Haut., 63 millim.

68 — CHINE. Flacon-tabatière de même forme, émaillé jaune uni.

Haut., 60 millim.

69 — CHINE. Petit vase ovoïde émaillé rouge haricot uni de belle nuance.

Haut., 170 millim.

70 — CHINE. Petit vase en forme de balustre, émaillé bleu uni.

Haut., 14 millim.

71 — Chine. Petit vase composé de deux parties carrées accolées et à deux anses, craquelé gris verdâtre.

Haut., 130 millim.

72 — Chine. Boite octogone émaillée jaune; elle présente sur le couvercle un dragon chimérique en relief émaillé vert.

73 — Chine. Vase forme carafe, décor polychrome à fleurs, rochers, fleurs arabesques et ornements. Règne de Kienlong.

Haut., 280 millim.

74 — Japon. Plat rond à décor bleu, rouge, vert et or, à couronne et compartiments de fleurs et haies, et vase de fleurs au fond.

Diam., 352 millim.

75 — Japon. Plat rond et creux à marli étroit, décor en bleu, rouge et or. Au fond, large rosace et deux demi-rosaces, ainsi que des branches fleuries. Au marli, buissons et branches fleuries.

Diam., 360 millim.

76 — Japon. Plat creux à décor en bleu, rouge, vert et or. Au fond, vase garni d'arbustes fleuris; au [illegible]tour, arabesques, fleurs et compartiments de pa[illegible]ages.

Diam., 390 [illegible]

TABATIÈRES ET BONBONNIÈRES

77 — Jolie boite oblongue en ancienne porcelaine de Saxe décorée, dans toutes ses parties, de paysages ani[illegible] [illegible]e nombreuses figures et de cavaliers. Monture en arg[illegible] gravé et doré.

78 — Boite ovale du temps de Louis XVI, en or guilloché, gravé, et enrichie de cordons, pilastres et médaillons sur le couvercle, ciselés en relief.

79 — Drageoir de forme contournée, composé de deux plaques de jaspe sanguin, reliées entre elles à l'aide d'une monture à charnière en argent gravé et doré.

80 — Boite ronde en vernis rouge de Martin sur fond guilloché, galonnée d'or. Le dessus présente un médaillon rond en or gravé et découpé, qui renferme une miniature : l'Amour rémouleur. Époque Louis XVI.

81 — Boite ronde en poudre d'écaille rouge galonnée d'or. Le dessus présente un médaillon en or guilloché, appliqué sur un fond de verre à fond d'or et décoré de rinceaux dorés. Époque Louis XVI.

82 — Boite ronde en vernis de Martin rayé rouge, jaune, vert et blanc, du temps de Louis XVI. Le dessus est orné d'une miniature ovale sur ivoire, qui représente le portrait d'une jeune femme vêtue d'un corsage bleu.

83 — Boite oblongue en ancienne porcelaine tendre de Mennecy, décorée de jetées de fleurs sur fond gaufré à l'imitation de vannerie. Elle est montée en argent.

84 — Boite oblongue en cuivre émaillé, décorée, à l'extérieur, d'une carte de l'Allemagne septentrionale, avec indication de la marche de l'armée du roi (de Prusse) de Cüstrin à Zorndorf. A l'intérieur du couvercle, plan de la bataille, près Zorndorf, le 25 août 1753.

85 — Petite boite ovale en cristal de roche uni, montée à gorge à charnière en or gravé. Époque Louis XVI.

86 — Boite ronde en poudre d'écaille noire posée d'ornements en or et acier. Le dessus est orné d'une miniature imitant un bas-relief en bronze par *Sauvage*, et qui représente deux enfants jouant avec une chèvre. Époque Louis XVI.

87 — Boite ovale en ivoire ornée, sur le dessus, d'un fixé qui représente une scène de bal champêtre. Époque Louis XVI.

BIJOUX

88 — Montre du temps de Louis XVI, en or de couleur ciselé. La cuvette représente des attributs champêtres.

89 — Étui à cire du temps de Louis XVI, en or guilloché à mille raies et étoiles. Il est enrichi de cordons d'ornements en or de couleur ciselé en relief.

90 — Flacon piriforme aplati en argent gravé, à ornements et à médaillons figures d'amours entourés d'inscriptions allemandes. Époque Louis XIII.

91 — Étui à parfums à panse cylindrique, en argent gravé doré en partie.

ORFÈVRERIE

92 — Deux flambeaux du temps de la Régence, en argent, sur pieds à contours et tiges à balustres.

Haut., 25 cent.

93 — Écritoire composée d'un plateau oblong sur lequel sont disposés divers ustensiles ; le tout en argent ciselé à ornements rocaille et figurines.

94 — Petit porte-huilier en argent avec tige à balustre, à pans, surmontée d'une sphère godronnée en spirale à sa partie supérieure. Les burettes sont en verre uni.

Haut., 13 cent.

VERRERIE

95 — Petite buire à anse en verre blanc opaque de Venise, marbré de brun, de bleu et de jaune. XVIe siècle.

Haut., 110 millim.

96 — Buire de même forme que celle qui précède, en verre de Venise incolore et filets entrecroisés d'émail blanc. XVIe siècle.

Haut., 110 millim.

97 — Petit pot à anse en verre blanc opaque de Venise. La panse est marbrée d'aventurine, de bleu et de brun. XVIIe siècle.

Haut., 98 millim.

98 — Verre incolore à coupe évasée, culot renflé godronné et pied à balustre orné de mufles de lion saillants. Venise. XVIe siècle.

Haut., 197 millim.

OBJETS VARIÉS

99 — Ivoire. Statuette d'homme debout devant une table. Il porte un brûle-parfums au-dessus de sa tête et tient un pinceau de la main droite. Japon.

Haut., 88 millim.

100 — Ivoire. Statuette de bûcheron debout. Il tient une bourrée de la main droite et une hache de la gauche. Japon.

Haut., 10 cent.

101 — Émail de Canton. Petit vase surbaissé à fond vert, décoré de fleurs et de feuillages en or et en argent, rehaussés d'émaux jaunes, violets et roses.

Hauteur, sans le socle en bois, 55 millim.

102 — Émail de Canton. Flacon à thé de forme oblongue et à contours, décor polychrome à fleurs et bordures d'ornements carmin et bleus. Le plat du bouchon est décoré d'une rosace.

Haut., 100 millim.

VITRINE

103 — Meuble-vitrine en bois noir et moulures en cuivre poli; le haut garni de balustres. Le corps inférieur a deux portes verticales et un compartiment horizontal qui forme vitrine plate. Le corps supérieur, moins profond, ferme à deux portes.

www.ingramcontent.com/pod-product-compliance
Ingram Content Group UK Ltd.
Pitfield, Milton Keynes, MK11 3LW, UK
UKHW020520180726
13839UKWH00005B/2209

9 782329 461922